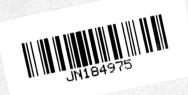

女性俳人精華100

句集

松の花

平野近子

文學の森

目次——松の花

装丁　三宅政吉

句集　松の花

平成十九年～二十年

浜松市動物園　二十五句

新玉の主役と知らず猪撮らる

止り木のてつぺんに鷺湖見張り

老衰のライオンいたはる毛布敷き

鼻からめ意志伝ふ象冬うらら

草に座し身重のきりん日向ぼこ

春眠の母にまつはる仔カンガルー

雲梯の春日を揺らす手長猿
仔馬跳ね抱かれし嬰の手足跳ね

うららかや柵へ鼻乗せ象憩ひ

春の燈やたらひで洗ふ象の足

ライオンに「ハロー」コールや遠足児

血管のくれなゐに透け袋角

持ち上げて落して象の西瓜割

炎昼や狼の舌落ちさうに

ニシローランドゴリラの「ダイコ」逝く

カメルーンの緑の森へ魂帰れ

ナイトＺＯＯ　二句

揚花火逃げ腰の象なだめられ

夏草食む象の歯六度変はるてふ

転た寝の仔豹に秋日やはらかし

爽やかや黒豹の仔の瞳の青く

ナイトＺＯＯ　三句

生れたてのビーバー遊ぶ水澄めり

秋の夜やペンギン陶のやうに立ち

黒豹の青き目が追ふ流れ星

もらはれて行きし仔豹や秋の雲

生徒去り紅葉かつ散る象広場

動物園へ吟行五年石蕗の花

兵庫県立コウノトリの郷公園　三句

足環はむ鶴の朱の脚草の花

馴《じゅん》化《か》ケージに小川の流れ赤とんぼ

綿虫のゆつたり遊ぶ猛禽舎

横尾歌舞伎　三句

昼月や子役が母と楽屋入り

小道具の穂芒届く楽屋口

立つてゐるだけの子役や村歌舞伎

亡き夫に未だ生徒の年賀客

愛猫の寝相百態冬うらら
福の豆全身に浴び修行めく

受験子を見守るだけの祖母であり
授かりし句を口遊み青き踏む

一言で了る診察春愁ひ

ゴム風船走者はげますやうに蹤き

白木蓮の輝き鳥を寄せつけず
清廉は老いのあくがれ白木蓮

篝持つ裏方のゐて藤まつり
茶渋しむ茶袋干さる旧街道

万緑を置き去りにして川下る

龍尾神社

神田の風に吹かれて茅の輪越ゆ

小虫捕る意志舌に見せ青蜥蜴

デパートの風鈴風を待ちゐたる

石灼けて武蔵丸似の万治仏

国道の車締め出し神輿渡御

葡萄食ぶ同病すぐに打ちとけて
植ゑし子の名札立ちたる稲田かな

龍尾神社抜穂祭　三句

神田の三方祓ひ抜穂祭

抜穂受く盆や宮司の捧げ持ち

正装の宮司諸手で稲運び
構へなき一日の初め鵙鳴けり

宵闇や金星をぬき大龍勢

岡部・朝比奈大龍勢

ジャグラーの演技待たせる秋の風

香嵐渓　二句

安来節踊る小猿へ紅葉散る

子の支へありてこよなき紅葉狩

父は子に甘蔗一本刈りて見す

平成二十一年〜二十二年

浜松市動物園　二十二句

若き虎舌鳴らし飲む寒の水

あせらぬが飼育の骨と冬帽子

黒鳥の尾羽のフリル振り歩む

獣医来と毛布で合図チンパンジー

黒豹の仔に会ひに行く寒日和

トカラヤギの獣舎に「喪中」寒に入る

足のケア始まる象へ冬日射す

手で洗ふ象の足裏春の泥

バイソンの足跡深き春の泥

かはうそと児の駈け競べうららけし

春光やコンドルの羽根広げ干し

春風の香をかぐ仕草雌ライオン

動物の子離れはやし花は葉に
毛刈り了ふ羊ねぎらひ放ちけり

豹紋の消えし黒豹蔦茂る

蜘蛛猿へ投光器めく末草

みんみんの気怠く鳴けり動物園

虎の面付け獣医あいさつ暑気払ひ

屈み見る鯰にじつと見つめらる

水槽に目高見る世となりにけり

泥まみれショベル代りの猪の鼻

敵現らば現れ白頭鷲の面構へ

豊橋総合動植物公園　四句

縁起よき大吉てふ河馬冬うらら

冬晴や河馬の口腔さくら色

河馬潜き冬日を返す大水輪

綿虫や潜水艇のごとき河馬

湖西歌舞伎　二句

出演の孫の自慢や鮓つまみ

梅雨忘れ時を忘るる村歌舞伎

横尾歌舞伎　五句

あの子役親父似などと村歌舞伎

幕間の雑談楽し村歌舞伎

大見得に御捻り飛べり秋燈下

御捻りの霜柱めく村歌舞伎

村歌舞伎傘寿の義太夫声に艶

法多山田遊祭　三句

冬日を返す五方固めの太刀の舞

田遊びや太鼓の上に台詞帳

牛ほめに頷き鳴けり田遊祭

三熊野神社田遊び　二句

田遊びや代搔きの馬背に餅

田遊びや早苗に見立つ松葉蒔き

藤森の田遊び　四句

田遊びや賽銭箱は古き樽

振《ふつ》取《とり》の紙蓑清白春燈

夜桜や撓ふ藁笠《しょっこ》の万燈花

田遊びや所変はれば所作もまた

浜松の芸能を見て　二句

伝統を守る生徒の寒ざらひ

セーターの子も飛入りのひよんどり

髭面も長髪もをり出初式

枯枝を投じどんどの火勢継ぐ

遠州横須賀凧揚げまつり　六句

凧揚げや遠州の風知りつくし

海上に凧の尾の描く即興画

絵凧とも字凧とも見ゆ市章凧

車座に加はり凧の話聞く

凧好きの凧の出来栄えほめ合へり

連凧下ろす一枚一枚労ひて

観梅や「この道」の歌口遊み
しだれ梅絵巻のごとく眺めけり

きらきらと六つの瞳入学す

掛川市立原泉小　二句

桜蘂降る子らの声無き滑り台

三熊野神社大祭　四句

ねんねこ抱き子授け祈る春祭

飛花落花地固め舞の舞屋まで

散りしきる花の中なる地固め舞
「祢里キチ」も大欠伸せり春祭

拍手湧く茶摘女姿のランナーに
われも亦歩きて作句鼓草

一輪車薔薇の花がら積みて消ゆ
衣更へ八十路の一歩踏み出せり

龍尾神社　三句

見学の吾も祓はる御田植祭

三代の宮司見守る御田植祭

カッパ着て男ばかりの御田植祭

梅雨の川丸太ん棒の一文字

アカウミガメの放流　三句

背と腹をそつとつまみて子亀享く

海めざす仁丹ほどの子亀の目

亀の子に「楽しい旅を」と手を振る子

サーファーの口笛風に紛れざる

頼みとす兄へ茅の輪の守り札

十露盤堀に早苗蜻蛉の影速き

掛川納涼まつり

手筒花火の太き火柱直立す

法多山万灯祭

祈るとは信ずることや万灯祭

遠州大念仏大競演　三句

太鼓切る息の荒さや秋燈下

新盆の家の庭より太鼓摺り

ひよつとこの影と踊るや大念仏

コスモスや老いに甘ゆることなかれ

龍尾神社　抜穂祭　二句

変はる世に変はらぬ祭抜穂祭

稲刈や白丁の裾ひるがへし

大道芸ワールドカップin静岡

掌より湧くボールに欅黄葉散る

海王丸清水港へ　三句

てっぺんの帆桁に女性さはやかや

秋空へ声を合はせて帆を展ぐ

新雪の富士へ舳先を正しけり

秋葉山火祭　四句

三方に火祭の火を運び来る

火祭や火の舞の炎《ほ》のちぎれ飛び

火祭の炎の軌跡呪文めく

参道の手摺凍てたる秋葉山

平成二十三年〜二十四年

浜松市動物園

ミーアキャットの仔らもつれ合ふ冬日向

豊橋総合動植物公園　三句

春日向大岩のごと河馬眠り

春の空映る窓越し仔象見る

飼育員

象の仔の鼻と手つなぎあたたかし

浜松市動物園

動物も生老病死秋の風

浦川歌舞伎　三句

観劇の栞手作り村歌舞伎

子役にも芸名のあり村歌舞伎
あざやかな変身に沸く村歌舞伎

横尾歌舞伎　四句

手を引かれ百歳の婆村歌舞伎

村歌舞伎楽屋に変はる資料室

付け打ちて見せ場盛り上ぐ村歌舞伎

正座してゐねむる子役村歌舞伎

法多山田遊祭　三句

田と見立つ太鼓をめぐり鳥追唄

早乙女も嫁も男《おのこ》や田遊祭

詞章所作太鼓ゆつたり田遊祭

初日浴ぶ父母の慈愛のごとぬくし

成人の孫と傘寿の初写真

四代を生き抜きし叔母初笑

風花の一句得ぬ間に消えにけり

息災が何よりの幸年の豆

老梅を見返り再会約しけり

遠州横須賀凧揚げまつり　三句

凧完成日本一の富士描き

帆に乗り遠州灘を見てみたし
下ろしたる帆ていねいに納めけり

ふるさとに生涯の友蕗の薹

牧之原公園　二句

かたくりの花守り来し元教師

かたくりの花の真下を貨車の音

龍尾神社梅園　三句

梅園に好きなスポット城望む

土止めの茶畝一列梅林

啓蟄や子らの抜け穴生垣に

神の田に地虫出でたる穴あまた
寄合へ手を取りて行く春の宵

野遊びや幼馴染と子に返り

被災地に続くこの空春の雲

生涯の一句得し夢四月馬鹿

三熊野神社大祭（東日本大震災直後）

春祭三社囃子も祢里もなき

張り失せし御殿の障子花曇

藤まつり真つ先に訪ふ主宰句碑

新緑や温泉《ゆ》宿の廊下昼暗き

山若葉怒濤のごとき日なりけり

太宰忌や文才もなく永らへて

早や夫の十七回忌梅雨晴るる

梅雨夕焼伸びつ縮みつ群雀

縫ひぐるみ抱きて茅の輪をくぐる女児

真夏日や病気平癒の御札買ひ

非農家の吾も早苗饗バス旅行

御座りの嬰の水遊び渚波
既に死を覚悟の兄の暑に耐ふる

早起きは三文の徳蟬の羽化

清水七夕まつり　二句

鎮魂の文字に足止む星祭

七夕や共助の気持湧き上がり

ふくろい遠州の花火

「祈り」とふ花火静かに揚がりけり

耐ふることわが性となる終戦日

法師蟬吟行せねば句の成らず

生きること年年きびし敬老日

病む兄の名ばかりの役秋祭

秋祭すみて安堵の兄逝けり

起きて待つ臥待月や雨の音

龍尾神社抜穂祭　二句

老若の男性ばかり抜穂祭

城攻めのごとく稲刈る黒烏帽子

平の字に見ゆれば親し鬼やんま

掛川は橋多き街秋日和

白菊や人をそらさぬ兄なりき
門に出て待つ人もなし菊月夜

頼みとす兄は在さず冬に入る

師の句碑は富士の姿や冬紅葉

師の句碑は心の寄辺冬ぬくし
蜜柑むく病かくさず友に告げ

行く年や病の連鎖断ち切らむ

平成二十五年～二十六年

浜松市動物園　十三句

一声の仔トラの御慶客沸かす

飼育員

吾子のごと膝にトラの仔冬ぬくし

アムールの凍河知らざる仔トラかな
児ら乗せしポニー引退二月尽

下萌や仔トラは母とまがふほど

長城めく麒麟のたてがみ春の空

ふらここを取り合ふ仔猿子らに似て

青葉光仔トラの目の上ハートの斑

子鴉へビーバーの餌運ぶ親

ナイトＺＯＯ　三句

虫の音やタイルの床に眠る虎

名を呼べば象歩み寄る弦月下

飼育員林檎与へつ象語り

冬ぬくし麒麟も褒めて躾せり

横尾歌舞伎

鬘《かずら》飛び爆笑起る村歌舞伎

蛭ケ谷田遊び　二句

蛭ケ谷に来て春の風邪引くまいぞ

ほた引きや田打ちの親方引き回し

寺野のひよんどり　六句

鳥の声足下に聞きて日向ぼこ

ひよんどり寺野元祖の供養より

「ホッホッ」と鬼三つ巴ひよんどり
ひよんどり燃ゆる松明鬼乱打

鉞《まさかり》の火を打ち損ねひよんどり

ひよんどり学ぶ小・中ふるさと科

田を守る八十路の農夫鍬始
どんど火の上げる燃え殻蝶のごと

襖絵の竜の瞠るや冬牡丹

街路樹に爪をあづけて爪談義

龍尾神社　三句

観梅や心づかひの杖を借り

梅が枝の狭間に聳ゆる掛川城

神域と梅園の間川光る

山笑ふ傘寿過ぎれば死が話題

春夕焼あしたよき事ありさうな

誠実に生きて八十路や松の花

掛川城公園　二句

心満つ句会帰りの花見して

城守りの燕一巡戻りけり

島田市ばらの丘公園　四句

薔薇の門くぐる連れ欲しばらの丘

薔薇守りや七つ道具を腰にさげ

太湖石穴越しに賞づ薔薇の花

句を案ず丸太の椅子や若葉風

百合活ける開花の位置を想定し

熊田千佳慕展

見て見つめ見きはめ描く揚羽蝶

草を引く主宰の句碑と対話して

打掛けの夕顔目立つ神子の舞

三百の鉢に蓮の花五つ
蓮の花ほぐれて平和像のさま

新盆や生家の標札孫の名に
百八炬《た》火《ひ》孫子の順にともしけり

盆用意遅れ遅れを夫に詫び

門火たく夫と連れ立ち猫も来よ

句を案じ猫と名月楽しめり

高齢の所為にはすまじ敬老日

待宵や期待得てして外れがち

颱風裡安否気遣ふ子の電話

颱風来避難準備に戸惑へり

身に入むや他人事ならぬ尋ね人

秋七草「お好きな服は」と名を覚え

ちちろ鳴く農道歩くを日課とす

靴鳴かせ歩み初めし児天高し

ハロウィンの南瓜目印友を待つ

朝寒や年重ねし身いとほしみ

独り居の安否確認秋の蝶

みじろがぬ盲導犬や紅葉散る

恩師を見舞い帰り際に

冬暖か「シーユーアゲイン」師と握手

凩の前後鳥の名広辞苑

柚子風呂や卒寿の句友に励まされ

笛方に女性の混じる里神楽

平成二十七年

浜松市動物園

パドックに俄作りの葭簀屋根

パドック＝放牧場

横尾歌舞伎　三句

御捻りに動じぬ子役村歌舞伎

少年の演技に感涙村歌舞伎
観客は一大家族村歌舞伎

懐山おくない　三句

山裾の棚田に続く枯野道

おくない＝おこない

大火鉢二間に三つ客を待ち

敷居にて隔つ客席冬日さす
出初式女性のまじる消防団

城めがけ出初の放水虹を生む

病院のロビーに藁の香宝船

余寒なほ油断するなと言ひ聞かす

天井に触るるばかりや内裏雛

昭和の日献身的な母なりし

新緑や両手に重き夫の古書

薔薇は芽に身辺整理おそすぎし
率直に批評し合ふも暑気払ひ

敬老会脚鍛へむと徒歩で行き

菊川市上倉沢千框棚田稲刈　四句

曇り日や稲刈日和と言ふべきか

子が見するペットボトルの秋蝮

稲刈のオリエンテーション抜かり無き

稲を刈る母のかたへに草摘む児

あとがき

平成十九年に第一句集『冬牡丹』を上梓して以来、次は米寿記念にとかねがね考えておりました。

今年初め「文學の森」より第二句集出版のお誘いをいただきました。米寿には未だ少し早いのですが、自分自身の体力気力等々を考え、第二句集をまとめることにいたしました。

今回は第二句集ということで、関森勝夫主宰には選句のみをお願いいたしました。御多忙中にもかかわらず快くお引き受けくださり、八百余句の中から三〇四句を選んでいただきました。五〜六回見直してくださったとのこと、感謝の気持ちで一杯です。また、編集につきましても御助言を賜わり、本当に助かりました。

句集名は、

誠実に生きて八十路や松の花

から『松の花』と決めました。

兼題として出されるまで、私は松の花を見たことがありませんでしたので、近くの公園に咲いていると聞き見に行きました。

手元の『カラー版新日本大歳時記』（講談社）によりますと、「松の花

晩春　十返りの花　松の花粉　◎晩春、紫色の雌花が新芽の先端につき、その下部に黄褐色の雄花が多数群がってつく。花としてはさして目立たない。風媒花で、雄花は多量の花粉を飛ばし、雌花は秋に松毬となる」とあります。また『広辞苑』には「松の花　松の木の花。春、雌花は新芽の頃に、雄花は新芽の下部に群がって咲く。数多くあることや長寿を象徴する。〈季・春〉」とありました。

地味ですが目出度い花と知り、句集名を『松の花』としたことに満足しております。

平成九年、「蜻蛉」掛川句会発足と同時に入会。早いもので今年二十年目に入りました。また平成十五年四月に同人に推挙され、静岡句会に参加させていただくことになり十四年目になります。この間、関森主宰には厳しくも温かい御指導を賜わり幸せだったとしみじみ思います。主宰は常に、趣味を同じくする者の集団をニューファミリーと言い、強い結束の下に切磋琢磨し、共助に心掛け、会の発展に尽くすようにと申されております。

晩学の私が今日まで俳句を続けられましたのも、良き師、良き句友に恵まれたお蔭とつくづく思い、感謝しております。これからも健康に留意し、俳句を生涯学習として続けてまいりたいと思っております。

最後になりましたが、大変お世話になりました「文學の森」の関係者の皆様方に心より厚く御礼申し上げます。

平成二十八年五月十五日

平野近子

平野近子（ひらの・ちかこ）

昭和五年　静岡県掛川市に生まれる
平成五年　「いそみ」句会入会、「林苑」同人逸見茶風先生に学ぶ
平成六年　「芙蓉」句会入会、「林苑」同人加茂福寿草先生に学ぶ
　　　　　市内合同句会「城」に参加
平成九年　「蜻蛉」掛川句会入会、関森勝夫先生に師事
平成十五年　「蜻蛉」同人、「蜻蛉」静岡句会入会
平成十六年　俳人協会会員
平成十九年　第一句集『冬牡丹』上梓

現住所　〒四三六－〇〇八五　静岡県掛川市成滝六二八－二
電話・ＦＡＸ　〇五三七－二二－三六一三

句集　松の花《まつのはな》
女性俳人精華100　第7期第4巻
発　行　平成二十八年七月九日
著　者　平野近子
発行者　大山基利
発行所　株式会社 文學の森
〒一六九-〇〇七五
東京都新宿区高田馬場二-一-二　田島ビル八階
tel 03-5292-9188　fax 03-5292-9199
e-mail mori@bungak.com
ホームページ http://www.bungak.com
印刷・製本　竹田　登

ISBN978-4-86438-547-3　C0092